Analyse de l'œuvre

Par Georgina Murphy

L'adieu aux armes

Ernest Hemingway

lePetitLittéraire.fr

Analyse de l'œuvre

Par Georgina Murphy

L'adieu aux armes

Ernest Hemingway

Rendez-vous sur lepetitlitteraire.fr et découvrez :

Plus de 1200 analyses
Claires et synthétiques
Téléchargeables en 30 secondes
À imprimer chez soi

ERNEST HEMINGWAY

ÉCRIVAIN AMÉRICAIN

- **Né à Oak Park, Illinois, en 1899.**
- **Décédé à Ketchum, Idaho en 1961.**
- **Travaux notables :**
  - *Le soleil se lève aussi* (1926), premier roman moderniste.
  - *Pour qui sonne le glas* (1940), roman de guerre
  - *The Complete Short Stories of Ernest Hemingway* (1987), recueil posthume

Ernest Hemingway est considéré comme l'un des premiers et des plus influents modernistes américains. Entre 1920 et le milieu des années 1950, il publie sept romans, six recueils de nouvelles et deux ouvrages non fictionnels. En 1953, il remporte le prix Pulitzer de la fiction pour sa dernière grande œuvre de fiction, *Le vieil homme et la mer* (1952), et en 1954, il reçoit le prix Nobel de littérature.

On se souvient d'Hemingway pour son utilisation de la « théorie de l'iceberg », un style économique et minimaliste également connu sous le nom de « théorie de l'omission ». Comme il l'écrit dans *Mort dans l'après-midi*, « la dignité du mouvement d'un iceberg est due au fait que seul un huitième de celui-ci se trouve au-dessus de l'eau » (1999 : 154). En se concentrant sur les éléments de surface de l'histoire (seulement « un huitième »), Hemingway pensait que la signification sous-jacente du récit pouvait transparaître de manière plus poignante et plus puissante, même si l'on n'y faisait pas référence de manière évidente. Comme le style iceberg d'Hemingway vise à saisir la vérité, ses romans sont considérés comme des œuvres réalistes. Sur le plan thématique, Hemingway utilise souvent le cadre de la guerre pour examiner les effets du conflit sur l'amour humain, le désir, la peur, la perte, la culpabilité et la trahison.

L'ADIEU AUX ARMES

ROMAN DE GUERRE AVEC UNE HISTOIRE D'AMOUR

- **Genre :** roman
- **Edition de référence :** Hemingway, E. (1994) L'*Adieu aux armes.* Berlin : Arrow Books.
- **1ère édition :** 1929
- **Thèmes :** guerre, amour, conflit, politique, maladie, romance, famille, amitié, perte.

L'Adieu aux armes est largement considéré comme un produit de l'époque où Hemingway servait comme soldat pendant la Première Guerre mondiale, lorsqu'en 1918, il fut recruté comme ambulancier pour la Croix-Rouge italienne. Alors qu'il servait sur le front austro-italien, il a été blessé et emmené dans un hôpital de Milan, où il est tombé amoureux d'une infirmière nommée *Agnes von Kurowsky.* Bien qu'elle ait refusé sa demande en mariage, ces expériences personnelles ont imprégné la carrière littéraire d'Hemingway après la guerre. Publié en 1929, *L'Adieu aux armes* suit le récit du lieutenant américain Frédéric Henry, qui sert dans le service ambulancier italien. Frédéric tombe amoureux d'une infirmière anglaise, Catherine Barkley, qui tombe enceinte. En plaçant le récit de leur romance dans un contexte plus large de guerre, Hemingway donne ainsi la parole aux complexités psychologiques individuelles des personnes vivant la réalité dévastatrice de la guerre.

RÉSUMÉ

PREMIER LIVRE : BLESSURE ET SÉDUCTION

Hemingway utilise une structure narrative à la première personne pour raconter l'histoire du lieutenant Frédéric Henry, un Américain servant comme ambulancier dans l'armée italienne. Le roman s'ouvre sur la description par Frédéric d'un village italien dans lequel il séjourne pendant l'été 1914. Alors que Frédéric décrit le paysage physique du village, Hemingway l'entrecoupe de références aux troupes et aux combats militaires. Ainsi, dès le début du roman, le récit de Frédéric a pour toile de fond la guerre. Le premier chapitre passe rapidement de la « fin de l'été » (p. 3) à « l'automne » (*ibid*.), puis au « début de l'hiver » (p. 4). L'unité de Frédéric se déplace ensuite vers une ville de Gorizia, qui n'a pas été gravement bombardée. Une nuit, le capitaine de l'unité de Frédéric se moque du prêtre à propos de son activité sexuelle, et deux lieutenants commencent alors à insulter le prêtre en attaquant sa religion. Alors que la guerre s'achève à l'approche de l'hiver, Frédéric obtient une permission et part en tournée en Italie.

Hemingway n'entre pas dans les détails de la permission de Frédéric, mais fait plutôt un saut dans le temps jusqu'au printemps suivant, lorsque Frédéric « revient au front » (p. 10). À son retour, on nous présente le lieutenant Rinaldi, ami de Frédéric, qui lui dit qu'il est amoureux d'une femme nommée Miss Barkley. Rinaldi demande alors à Frédéric de lui prêter de l'argent afin qu'il puisse « faire sur Mlle Barkley l'impression d'être suffisamment riche » (p. 12). Frédéric s'assied à côté du prêtre au dîner et lui raconte que son congé consistait en une consommation d'alcool insouciante et en des aventures d'un soir. Le capitaine se moque à nouveau du prêtre, mais cette fois, le major lui dit de le laisser tranquille. Le lendemain matin, Frédéric est réveillé par un feu de batterie et sort pour parler à des mécaniciens qui travaillent sur les ambulances. On nous dit que la division pour laquelle Frédéric travaille prévoit d'attaquer « à un endroit en amont de la rivière » (p. 16), et que les ambulances seront stationnées aussi près de la rivière que possible. Frédéric retourne ensuite dans sa chambre et accepte de rencontrer Mlle Barkley avec Rinaldi. Les deux hommes prennent un verre et rencontrent ensuite Mlle Barkley dans le jardin de l'hôpital, où Frédéric s'entretient avec Mlle Barkley et Rinaldi avec une autre infirmière nommée Helen Ferguson. Au cours de leur conversation, Hemingway confirme que Frédéric travaille pour l'ambulance dans l'armée italienne, et nous apprenons que Miss Barkley travaille comme infirmière. Frédéric est frappé par sa beauté. Nous apprenons également que le fiancé de Mlle Barkley a été tué lors de la bataille de la Somme. Plus tard, Rinaldi remarque que Mlle Barkley préfère Frédéric à lui. Le lendemain, Frédéric va voir Mlle Barkley une fois de plus, et le lecteur apprend que son prénom est Catherine. Frédéric et Catherine s'embrassent. Au fil de leurs rencontres, ils s'engagent dans un jeu de séduction, « comme le bridge, où l'on dit des choses au lieu de jouer aux cartes » (p. 29).

Suite à une attaque de la division de Frédéric, il est envoyé sur la rivière avec les ambulances. Avant qu'il ne parte, Catherine lui donne son collier d'un Saint Antoine métallique. Une fois postés dans un abri près de la rivière, les ambulanciers discutent de la guerre. Alors qu'ils mangent, leur abri est touché par un obus et Frédéric est gravement blessé. Un de ses compagnons de route, Passini, meurt. En essayant de se lever, Frédéric se rend compte qu'il n'a plus de rotule. Les conducteurs survivants transportent alors Frédéric jusqu'au poste médical, où ses blessures sont soignées. Le médecin rapporte que Frédéric souffre de multiples blessures aux jambes et aux pieds, ainsi que d'une fracture du crâne. Frédéric est alors placé dans une ambulance anglaise et conduit à l'hôpital. À l'hôpital de campagne, Rinaldi rend visite à Frédéric et lui annonce qu'il recevra une médaille d'argent pour sa bravoure. Le prêtre rend ensuite visite à Frédéric et ils discutent de la guerre. Il est décidé que Frédéric sera transféré le lendemain dans un meilleur hôpital de Milan. Rinaldi revient avec le major de Frédéric et lui annonce que les Américains envisagent de déclarer la guerre à l'Allemagne et que, par coïncidence, Catherine est transférée à l'hôpital de Milan. Frédéric est alors transféré à Milan.

LIVRE DEUX : UTILISER L'AMOUR COMME DISTRACTION DE LA GUERRE

Frédéric arrive à l'hôpital de Milan et, après quelques négociations, obtient une chambre dans laquelle il peut dormir. Le lecteur fait la connaissance d'une infirmière,

Miss Gage, qui informe Frédéric que Catherine est arrivée à Milan. Frédéric et Catherine sont réunis, et il la convainc ensuite d'avoir des relations sexuelles avec lui. Frédéric a le sentiment d'être tombé amoureux d'elle. Lorsque Catherine s'en va, Miss Gage entre et dit à Frédéric que le docteur est en route pour le voir. Cet après-midi-là, le médecin examine la jambe de Frédéric et conclut qu'il faudra six mois avant qu'il puisse opérer le genou. Hostile à l'idée de devoir attendre une opération, Frédéric demande l'avis du Dr Valentini, qui dit qu'il peut être opéré demain.

Après une opération réussie, Catherine et les autres infirmières s'occupent de Frédéric pendant sa convalescence. Pendant la journée, Catherine et Frédéric s'écrivent des mots, et elle travaille de nuit pour pouvoir passer du temps avec lui. Frédéric reste à l'hôpital tout l'été, faisant des promenades en calèche, sortant dîner et allant aux courses avec Catherine. Leur relation devient très intense et, bien qu'ils ne soient pas légalement mariés, ils se considèrent comme mari et femme.

En septembre, le lecteur apprend qu'il y a eu des pertes importantes des deux côtés, et surtout dans l'armée italienne. Frédéric reçoit une lettre lui accordant un congé de convalescence de trois semaines, après quoi il doit retourner au front. Après avoir informé Catherine qu'il doit retourner à la guerre, elle lui annonce qu'elle est enceinte de trois mois. Cette nuit-là, Frédéric est surpris par une forte pluie et tombe malade de la jaunisse. Une infirmière, Mlle Van Campen, trouve des bouteilles d'alcool vides dans sa chambre et l'accuse d'avoir bu.

À cause de cela, Frédéric perd son congé. Catherine accompagne Frédéric à Turin pour prendre son train de retour au front : en attendant le train, ils se réservent une chambre d'hôtel et parlent de leur bébé et de la fréquence à laquelle ils s'écriront. Ils quittent ensuite l'hôtel et Frédéric monte dans un train très bondé.

LIVRE TROIS : CAPTURE ET ÉVASION

Frédéric retourne à Gorizia et le major lui dit que l'été a été mauvais pour la guerre. De retour au front, son premier poste est sur le plateau de Bainsizza, situé juste après l'endroit où il a été blessé. Il y a un orage qui dure tout l'après-midi, et à trois heures du matin, il y a un bombardement. Après deux nuits, les troupes allemandes et autrichiennes brisent la ligne italienne, et Frédéric et les autres conducteurs commencent leur retraite vers Pordenone. Un chauffeur nommé Bonello prend en route deux sergents, tandis qu'Aymo a deux filles avec lui et Piani les accompagne également. La voiture d'Amyo s'embourbe et lorsque les deux sergents qu'ils avaient pris en stop refusent de les aider à déplacer la voiture, Frédéric tire sur l'un d'eux tandis que l'autre s'échappe. Incapables de faire avancer la voiture, ils commencent à battre en retraite à pied. En chemin, ils se rapprochent de soldats allemands, mais Frédéric est capturé et interrogé par la police de combat italienne pour sa « trahison ». Voyant une possibilité de s'échapper, Frédéric court vers la rivière et est emporté par le courant. Il finit par remonter sur la rive. Il trouve une ligne de chemin de fer menant de Venise à Trieste, et saute dans un wagon d'un train qui roule lentement.

LIVRES QUATRE ET CINQ : UNE FÉLICITÉ MOMENTANÉE SUIVIE D'UNE TRAGÉDIE.

Frédéric descend du train à Milan, et apprend que Catherine est partie il y a deux jours pour Stresa. Après avoir reçu des vêtements civils d'un homme appelé Simmons, Frédéric part également pour Stresa, où il retrouve Catherine. Une nuit, Emilio, qui est le barman de leur hôtel, dit à Frédéric que des gens sont en route pour l'arrêter pour crimes de guerre. Emilio aide Frédéric et Catherine à s'échapper en Suisse par bateau. Ils rament toute la nuit dans une tempête, mais finissent par passer la frontière. Ils parviennent à obtenir des visas provisoires et se rendent ensuite à Montreux. Ils vivent en privé et heureux en compagnie l'un de l'autre, et se renseignent sur la guerre par les journaux. Frédéric propose de se marier, mais Catherine dit qu'elle veut attendre d'avoir donné naissance à un enfant et d'être « mince à nouveau » (p. 261).

Frédéric et Catherine vivent dans le chalet loué pendant les mois de janvier, février et mars, mais comme leur bébé doit naître le mois suivant, ils décident de déménager dans la ville de Lausanne pour être près d'un hôpital. Une nuit, Catherine se réveille avec des contractions et ils prennent un taxi pour se rendre à l'hôpital. Ils arrivent à l'hôpital vers trois heures du matin, mais à deux heures de l'après-midi, elle n'a toujours pas accouché. Le médecin informe Frédéric que la naissance est bloquée et suggère une césarienne. Le médecin procède à l'opération, mais le bébé est étranglé par le cordon ombilical et est déclaré mort-né. Si Catherine survit d'abord à l'opération, elle est bientôt victime de nombreuses hémorragies dangereuses et décède. Frédéric rentre à pied à l'hôtel sous la pluie.

ÉTUDE DE CARACTÈRE

FRÉDÉRIC HENRY

Frédéric est à la fois le narrateur de *L'Adieu aux armes* et un personnage du récit. Il raconte l'histoire au passé, bénéficiant d'un certain recul quant à la progression et à la conclusion de son récit. Le lecteur n'est donc autorisé à connaître que les événements particulièrement importants pour Frédéric. Ainsi, on ne nous dit pas à quoi ressemble Frédéric, ni quel âge il a, et on ne découvre son nom qu'au deuxième livre. De même, on nous donne peu de détails sur sa vie avant la guerre : nous savons seulement qu'il vivait à Rome et qu'il étudiait pour devenir architecte. Grâce au style iceberg d'Hemingway, nous pouvons également déduire qu'il entretient des relations tendues avec sa famille : dans le cinquième tome, Catherine demande à Frédéric : « Tu ne te soucies pas d'eux ? », ce à quoi il répond : « Si, mais nous nous disputions tellement que cela s'épuisait. » (p. 269).

Étant donné le manque de détails concrets sur la vie de Frédéric, Hemingway déplace l'attention sur ses complexités psychologiques innées. Lorsqu'il s'agit de sa position d'ambulancier pendant la guerre, Frédéric le narrateur se présente comme quelqu'un ayant un sens aigu du devoir moral. Lorsque Catherine lui demande : « Pourquoi t'es-tu engagé avec les Itàliens ? », Frédéric répond : « J'étais en Italie [...] et je parlais italien » (p. 21). Il semble donc que pour Frédéric et son sens du devoir, s'engager dans l'armée italienne était la chose la plus évidente à faire en période de conflit. De même, Frédéric place les hommes de son unité au-dessus de lui-même : lorsqu'il est stationné au front dans le premier tome, il risque sa vie en courant à travers un bombardement afin d'apporter de la nourriture à ses compagnons de route :

> *« 'Vous feriez mieux d'attendre que les bombardements soient terminés.' Le major a dit par-dessus son épaule.*
>
> *Ils veulent manger, ai-je dit. » (p. 49)*

La réponse de Frédéric au major est exprimée sur un ton similaire à celui de la raison pour laquelle il s'est engagé dans l'armée italienne (« J'étais en Italie [...] et je parlais italien ») : aider ses camarades conducteurs semble être la seule chose rationnelle à faire, malgré le danger auquel il s'expose. De plus, lorsque Frédéric est blessé lors du bombardement, il ne cherche pas à être félicité ou à devenir un martyr. Alors que Rinaldi le pousse à demander une médaille d'argent pour sa bravoure, Frédéric insiste sur le fait qu'il n'a accompli « aucun acte héroïque », mais qu'il a été « tué par une explosion alors que nous mangions du fromage » (p. 59). En prenant ses distances par rapport aux idées romantiques de l'honneur et de la bravoure, Frédéric se présente donc comme quelqu'un qui veut faire son travail par sens du devoir.

Dans ce contexte, Hemingway montre clairement qu'à mesure que le roman progresse, la clarté des objectifs de Frédéric se désintègre. Par exemple, dans le troisième tome, il est choquant que Frédéric tue l'un des ingénieurs qui refuse de l'aider à déplacer la voiture. Étant donné que le rôle de Frédéric dans la guerre est d'aider à sauver des gens, cet épisode va directement à l'encontre de ses obligations morales. De plus, la section est écrite de manière très concrète – « J'ai ouvert mon étui, pris le pistolet, visé celui qui avait le plus parlé et tiré » (p. 182) – et lorsque les hommes discutent ensuite du meurtre, ils le font avec humour. Frédéric en profite également pour se moquer de la religion, affirmant : « Je dirai : « Bénissez-moi, mon père, j'ai tué un sergent » » (p. 186). De plus, Frédéric déserte l'effort de guerre après avoir été interrogé par la police italienne, mais plutôt que de penser aux conséquences de son geste, il se préoccupe davantage du fait qu'il « serait en mauvaise posture s'il débarquait pieds nus » (p. 203) sur le rivage. Ces épisodes mettent en évidence le détachement émotionnel de Frédéric vis-à-vis de l'effort de guerre. Il semble ne se sentir ni lâche ni héroïque, mais simplement indifférent.

À travers la relation de Frédéric avec Catherine, Hemingway explore le paysage émotionnel de Frédéric. Bien que leur relation commence par un jeu de séduction, ils finissent par s'aimer sincèrement. Frédéric fait preuve d'affection à plusieurs reprises et professe son amour pour elle, et pense constamment à elle lorsqu'ils sont séparés. Cependant, lorsque Frédéric raconte son histoire avec du recul, il est clair qu'il écrit en sachant que Catherine a perdu la vie en accouchant. Il fait référence à plusieurs reprises à la façon dont il a traité « la vision de Catherine avec beaucoup de légèreté » (p. 38), reflétant sa culpabilité de ne pas lui avoir donné assez d'attention ou de ne pas avoir passé assez de temps avec elle. De même, lorsque Catherine meurt, Frédéric souffre à nouveau de la culpabilité de n'avoir rien pu faire pour l'aider, comme le montre clairement l'utilisation par Hemingway d'une métaphore sur les fourmis :

> *« Je me souviens avoir pensé à ce moment-là que c'était la fin du monde et une occasion splendide d'être un messie et de soulever la bûche du feu et de la jeter là où les fourmis pourraient s'échapper sur le sol. Mais je n'ai rien fait d'autre que de jeter une tasse en fer blanc remplie d'eau sur la bûche, afin d'avoir la tasse vide pour y mettre du whisky avant d'y ajouter de l'eau. » (p. 290)*

Son incapacité à sauver les fourmis est une métaphore de son incapacité à sauver la vie de Catherine, bien que le lecteur soit conscient qu'il n'aurait rien pu faire de toute façon. Ainsi, alors que Frédéric semble émotionnellement insensible à l'effort de guerre, il investit une abondance d'émotions dans Catherine, ressentant amour, perte, culpabilité et chagrin.

CATHERINE BARKLEY

Catherine Barkley travaille comme infirmière dans les hôpitaux britanniques et est présentée au lecteur à travers les yeux de Frédéric. Elle est décrite comme « blonde », avec « une peau fauve et des yeux gris », et Frédéric la trouve « très belle » (p. 18). Nous apprenons immédiatement qu'elle a été fiancée pendant huit ans à un homme qu'elle a connu toute sa vie, jusqu'à ce qu'il soit tué lors de son service dans la Somme. Ainsi, lorsque nous rencontrons Catherine, elle pleure son défunt fiancé, mais devient également l'objet de l'affection de Frédéric. Il y a de fortes raisons de penser que le portrait de Catherine que dresse Hemingway est ancré dans les stéréotypes féminins. Lorsqu'il s'agit de sa relation avec

Frédéric, elle est largement soumise, lui assurant à plusieurs reprises qu'elle est « bonne » et qu'elle « fera tout ce que tu veux » (p. 96). En outre, elle considère Frédéric comme sa propre religion, ce qui montre qu'elle lui voue un culte inconditionnel. Hemingway continue à s'inspirer des représentations stéréotypées de la femme vers la fin du roman lorsque, enceinte, elle cesse de faire quoi que ce soit et devient une femme au foyer complètement passive, métaphoriquement mariée. La volonté de Catherine de se comporter passivement et sa vénération romantique pour Frédéric ont donc conduit de nombreux critiques à suggérer qu'elle est une projection bidimensionnelle du fantasme masculin.

Cependant, il est important d'être conscient des nuances de son caractère, qui font qu'il est plus difficile de percevoir Catherine en termes purement stéréotypés. De manière significative, elle travaille comme infirmière et risque donc sa propre vie pour aider les soldats et l'effort de guerre. De plus, elle est très consciente que sa relation avec Frédéric commence comme « un jeu pourri » (p. 29), et voit clair dans le jeu de Frédéric lorsqu'il ment sur son amour pour elle : « Tu n'as pas besoin de faire semblant de m'aimer » (p. 30). Ainsi, leur relation commence sur un pied d'égalité, et Catherine est loin d'être un stéréotype flatteur à ce stade du roman. De même, elle se montre très ferme lorsqu'il s'agit de mariage. Elle rejette à plusieurs reprises les propositions de mariage de Frédéric, demandant « à quoi bon se marier maintenant [c'est-à-dire pendant la guerre] » (p. 103). Et alors que Frédéric s'inquiète de la possibilité qu'ils aient un enfant s'ils ne sont pas mariés, Catherine ne semble pas y attacher autant d'importance ; au contraire, elle est plus préoccupée par le fait de se marier lorsqu'elle sera « à nouveau mince » (p. 273). L'attitude de Catherine vis-à-vis du mariage va donc à l'encontre des normes sociales, et son mariage métaphorique, plutôt que légal, avec Frédéric semble beaucoup plus important. Ainsi, bien que Catherine fasse de sa relation avec Frédéric une mini-religion, elle conserve un certain degré d'indé-pendance qui lui évite de devenir un simple stéréotype bidimensionnel.

RINALDI

Le lieutenant Rinaldi est l'ami le plus proche de Frédéric dans le roman, et travaille comme chirurgien à l'hôpital. Grâce à la très courte description qu'Hemingway fait de Rinaldi, nous apprenons qu'il est « beau », qu'il a à peu près le même âge que Frédéric et qu'il « venait d'Amalfi » (p. 12). Il apparaît dans les souvenirs que Frédéric a de sa division et lui rend également visite lorsqu'il est à l'hôpital pour se remettre de ses blessures. Rinaldi est un personnage important du roman en raison de sa sexua-lité ambiguë. Nous apprenons qu'il couche régulièrement avec des femmes dans des bordels, mais qu'il embrasse aussi fréquemment Frédéric, l'appelle « bébé » (p. 58) et lui dit « Je t'aime trop » (p. 62). Grâce à ces sous-entendus homoérotiques, Hemingway remet en question l'associa-tion stéréotypée entre masculinité et hétérosexualité en célébrant la liberté sexuelle de Rinaldi.

ANALYSE

POINT DE VUE NARRATIF

L'Adieu aux armes est écrit au passé, du point de vue narratif de Frédéric. Cela signifie que le lecteur reçoit une histoire subjective qui est filtrée par le point de vue de Frédéric. Ainsi, le lecteur n'a accès qu'aux événements que Frédéric vit lui-même. Nous ne savons donc pas ce qu'il advient de Rinaldi ou des autres membres de la division de Frédéric après que celui-ci a déserté en Suisse. De plus, Hemingway encourage le lecteur à mettre en doute la fiabilité de la narration de Frédéric en lui faisant admettre ses mensonges : par exemple, dans le premier livre, Frédéric admet qu'il ment sur son amour pour Catherine : « 'Oui,' j'ai menti. Je t'aime. » (p. 28). De même, comme Hemingway montre clairement que Frédéric est un gros buveur, nous sommes invités à mettre en doute la fiabilité de sa mémoire. Pourtant, malgré ces facteurs, *L'Adieu aux armes* a un ton nettement honnête et confessionnel. Frédéric ne cherche pas à se cacher des actions pour lesquelles il pourrait être jugé. Il raconte ouvertement comment il a commis un meurtre et exprime sa culpabilité pour avoir déserté l'armée italienne. Il confesse également qu'il ne traite pas Catherine avec assez d'amour, et admet qu'il ne peut pas éprouver d'affection pour son nouveau-né. Ainsi, plutôt que d'altérer ses souvenirs pour apparaître sous un meilleur jour, Frédéric semble plus soucieux de dire la vérité sur son histoire, sans tenir compte de la façon dont elle se reflète sur son caractère personnel. En outre, étant donné que Frédéric raconte son histoire au passé, il est conscient de la fin tout en racontant les événements. Comme le lecteur apprend finalement la mort de Catherine, ainsi que celle des autres soldats de Frédéric qui ont été tués pendant leur service, le roman peut être considéré comme un mémorial pour leurs vies. Par conséquent, la narration à la première personne ne communique pas seulement l'histoire de Frédéric, elle est aussi un moyen de préserver la mémoire de ceux qu'il a aimés et perdus.

L'AMOUR CONTRE LA GUERRE

Le récit de *L'Adieu aux armes* place une histoire d'amour dans le contexte de la guerre. Tout en soulignant l'horrible réalité de la Première Guerre mondiale, Hemingway dépeint l'amour d'une manière hautement romanesque, presque illusoire, et se demande donc comment et si l'amour peut survivre dans une période de conflit intense. La nature grotesque des combats est transmise par la description choquante qu'Hemingway fait du bombardement qui blesse Frédéric :

> *« Je me suis redressé et, ce faisant, quelque chose dans ma tête a bougé comme les poids des yeux d'une poupée et m'a frappée à l'arrière des globes oculaires. Mes jambes étaient chaudes et humides et mes chaussures étaient mouillées et chaudes à l'intérieur. Je savais que j'étais touché et je me suis penché pour mettre ma main sur mon genou. Mon genou n'était pas là. Ma main est entrée et mon genou s'est retrouvé sur mon tibia. » (p. 51)*

La façon dont Frédéric « pose sa main sur son genou », pour s'apercevoir que son « genou n'était pas là », évoque une image profondément grotesque ; quant à l'expression « comme les poids sur les yeux d'une poupée », elle communique de façon vivante la douleur intense qu'il ressent dans sa tête. Hemingway n'épargne pas au lecteur la sinistre réalité de la guerre, mais utilise au contraire un style direct qui donne un ton factuel. En outre, le meurtre est même traité avec légèreté, voire avec humour. Lorsque Frédéric et Bonello assassinent l'un des ingénieurs dans le troisième livre, ils le célèbrent avec fierté. Alors que Bonello se vante : « Je n'ai jamais tué personne dans cette guerre, et toute ma vie j'ai voulu tuer un sergent » (p. 186), Piani salue également l'acte, en disant : « Tu l'as bien tué sur place » (*ibid*.). De plus, lorsqu'Aymo demande ironiquement « qu'est-ce que tu vas dire en confession ? ». Frédéric prend la situation à la légère en plaisantant : « Je dirai : « Bénissez-moi, mon père, j'ai tué un sergent » » (*ibid*.). Comme la mort du sergent est traitée avec humour, il est clair que la capacité de violence des hommes est une conséquence inévitable de la guerre. Hemingway communique donc sans détour le désordre en spirale de la guerre pour suggérer que son horrible réalité est inévitable.

Alors qu'Hemingway cherche à présenter avec précision la réalité de la guerre, la relation de Frédéric et Catherine devient irréaliste et illusoire. Elle commence par un jeu, que Frédéric décrit comme « comme le bridge, où l'on dit des choses au lieu de jouer aux cartes » (p. 29), suggérant ainsi qu'ils jouent avec l'idée de l'amour afin de créer leur propre monde fictif. Catherine en est apparemment consciente et dit à Frédéric : « Tu n'as pas besoin de faire semblant de m'aimer. C'est fini pour ce soir » (p. 30).

La phrase « c'est fini pour ce soir » indique clairement au lecteur que leur jeu amoureux est une façon de construire leur propre petite irréalité afin d'échapper à la sinistre réalité de la guerre. En outre, même lorsque leur amour évolue vers quelque chose de plus authentique, ils conservent leur réalité fictive : par exemple, ils se considèrent comme mariés même s'ils ne le sont pas légalement. Ainsi, Hemingway montre clairement que, dans la réalité de la guerre, Frédéric et Catherine ont besoin d'un autre monde plein d'amour dans lequel ils peuvent échapper. Cependant, à la fin du roman, Hemingway suggère que l'irréalité ne peut être maintenue. Lorsque Catherine et son enfant meurent pendant l'accouchement, les horreurs de la guerre empiètent sur leur monde paisible et fictif, et leur réalité construite est brisée. Comme *L'Adieu aux armes* se termine de manière plutôt sombre, Hemingway suggère donc que la réalité de la guerre est fondamentalement inéluctable.

CONTRIBUTION AU MODERNISME

D'une manière générale, la période moderniste s'étend du début du XXe siècle aux environs de 1960 et est considérée comme radicale, non conventionnelle et expérimentale en termes de style, de forme et de pensée. Le mouvement moderniste est né des effets de la Première Guerre mondiale, à une époque d'instabilité, de conflit et de violence à l'échelle mondiale, et la littérature de cette période reflète par conséquent la lutte pour trouver un sens dans un monde radicalement instable. Hemingway fait partie d'un groupe d'écrivains américains connus sous le nom de « génération perdue » : des survivants qui étaient « perdus » dans le sens où ils erraient et n'avaient pas d'orientation au lendemain de la Première Guerre mondiale. En s'attachant aux complexités psychologiques de Frédéric Henry, *L'Adieu aux armes* résume la profonde incertitude de l'objectif et du sens dans un monde instable qui est si commune dans les premières œuvres modernistes.

L'utilisation par Hemingway de la théorie de l'iceberg est considérée comme une énorme contribution au modernisme par son innovation. Hemingway offre au lecteur un récit très concis et dépouillé qui ne fait qu'effleurer la surface de ce qu'il essaie de communiquer. Le reste du sens d'Hemingway, dans toute son ambiguïté, est caché sous les mots de la page ; son style sert donc à capturer le chaos de l'époque à laquelle il vivait. Par exemple, la théorie de l'omission d'Hemingway communique puissamment la profondeur de l'anxiété de Frédéric pendant l'accouchement de Catherine :

> *« Elle ne va pas mourir. Elle passe juste un mauvais moment. Le travail initial est généralement prolongé. Elle passe seulement un mauvais moment. Après coup, on dira que c'était un mauvais moment et Catherine dira que ce n'était pas si mal. Mais si elle devait mourir ? Elle ne peut pas mourir. Oui, mais si elle devait mourir ? Elle ne peut pas, je vous le dis. Ne soyez pas idiote. C'est juste un mauvais moment. »* (p. 283)

Sans dire directement au lecteur comment Frédéric se sent, l'utilisation de la répétition par Hemingway dans cette section montre son incapacité à oublier l'idée que Catherine pourrait mourir. La répétition de « mauvais moment » est puissante car elle suggère que Frédéric est dans le déni de la réalité à laquelle ils sont confrontés, et qu'il essaie plutôt de se convaincre que les choses ne sont pas aussi mauvaises qu'elles le semblent. De plus, le passage subtil d'Hemingway de « elle ne mourra pas » à « elle ne peut pas mourir » voit Frédéric passer d'une affirmation – « ne mourra pas » – à un plaidoyer désespéré – « ne peut pas ». Cela suggère qu'il y a un grand doute dans l'esprit de Frédéric quant à savoir si elle vivra, bien qu'il ne le fasse pas savoir directement. En associant cela à un rythme staccato, Hemingway souligne la narration de Frédéric avec un sentiment de panique, et sape ainsi son affirmation selon laquelle « elle ne mourra pas ». Ainsi, sous la langue d'Hemingway se cache une richesse d'émotions, d'ambiguïtés et, dans ce cas particulier, une abondance de douleur et de peur. Radicale par son style extraordinaire, la théorie de l'iceberg d'Hemingway a donc eu une énorme influence sur les œuvres modernistes ultérieures.

POURSUITE DE LA RÉFLEXION

QUELQUES QUESTIONS À MÉDITER...

- Comment Hemingway dépeint-il le passage du temps ?
- Dans quelle mesure est-il utile de tenir compte du contexte autobiographique par rapport au roman ?
- *L'Adieu aux armes* a été banni des kiosques à journaux de Boston à sa sortie. Pourquoi pensez-vous que c'est le cas ?
- Le roman a été adapté pour la première fois au théâtre en 1930. Comment pensez-vous que L'*Adieu aux armes* pourrait se traduire sur scène ?
- Que pensez-vous de la présentation du prêtre par Hemingway ? Expliquez votre réponse.
- Quelle est la signification des cheveux de Catherine ?
- Les idées de nationalisme et de patriotisme traversent le roman. Commentez ce point.
- Que pensez-vous de la présentation des femmes dans ce roman ?

AUTRES LECTURES

EDITION DE RÉFÉRENCE

- Hemingway, E. (1994) L'*Adieu aux armes*. Berlin : Arrow Books.

ÉTUDES DE RÉFÉRENCE

- Parrish, T. (2013) *The Cambridge Companion to American Novelists*. Cambridge: Cambridge University Press.

SOURCES SUPPLÉMENTAIRES

- Dearborn, M.V. (2017) *Ernest Hemingway: A Biography*. Londres : Penguin Random House.

ADAPTATIONS

- *L'Adieu aux armes*. (1957) [Film]. Charles Vidor, John Huston Dirs. USA: Selznick International Pictures.
- *L'Adieu aux armes* (1932) [Film]. Frank Borzage. Réalisateur. États-Unis : Paramount Pictures.

PLUS DE BRIGHTSUMMARIES.COM

- Guide de lecture – *A Moveable Feast* d'Ernest Hemingway.
- Guide de lecture – *Pour qui sonne le glas*, d'Ernest Hemingway.
- Guide de lecture – *Le vieil homme et la mer* par Ernest Hemingway.

Votre avis nous intéresse!
Laissez un commentaire sur le site de votre librairie en ligne
et partagez vos coups de cœur sur les réseaux sociaux !

lePetitLittéraire.fr

- des analyses de livres
- des fiches de lectures
- des commentaires littéraires
- des questionnaires de lecture
- des résumés

**Retrouvez
notre offre complète sur
lePetitLittéraire.fr**

ISBN version numérique : 9782808684750
ISBN version papier : 9782808685559
Dépôt légal : D/2023/12603/1055

Conception numérique : Primento,
le partenaire numérique des éditeurs.